叶辛中篇小说选

典 藏 版

世纪末的爱情

叶 辛 著

中国出版集团 东方出版中心

世纪末的爱情

> 他们的相逢是注定的,他们的分离也必然是注定的。他们之间深深地情投意合地相爱着,却又为什么偏要忍受这种分离呢?
>
> ——题记

在国际长途电话中,她对他说,要到上海来。

他回答说,欢迎啊,真诚地欢迎你来上海。他回答得很热情,这是他们在洛杉矶时就说好了的。她如果来到上海,则由他负责接待,只因为上次去美国时,整个团里就他一个来自上海。

她说,那我就真来了。

他说,随时恭候。

以往她也对他这么说过,可每次仅仅是说说而已。

可这一次,看起来是真实的,她说她已预订了机票,经过十一小时的飞行,她到达上海的时间该是一九九九年九月九日的晚上九点钟。

沾着这么多的九字,怎么这样巧?

他猜测,这时间是不是她刻意安排的? 近段时间来,不是都在讲世纪末的话题么。

挂断电话以后,他才发现,他不知她来干什么? 这全是因为她要来的消息令他觉得太兴奋了,多少时间里,他一直在盼她来。他记不得了,是在他访问洛杉矶时,还是在长途电话中,她说过,她对上海的建筑很感兴趣。她说,她从书上读到,上海这个东方大都会竟然有全世界三百多个国家和地区的建筑,她极想来细细地看看。上次来,仅仅是路过,匆匆忙忙地到了一下外滩,而且在下雨,只待了一会儿,风吹斜了雨丝,那飘飘柔柔的雨丝成了一张无边无际的网,顷刻工夫,雨就下大了,她没带雨具,只得离开了。她只对 20 世纪上半叶的那些凝重浑沉的建筑,留下了深刻的印象。人家问她,去过上海么?她往往说去过,回答的时候,她脑子里浮现出的,就是这么一幅画面。

那太遗憾了!他随口说,上海的画面多了,岂止这么一幅。有极富大都会色彩的浦东陆家嘴中央绿地,也有充满江南水乡风情的古镇。

她用惊讶的语气道:真的么、真的么?那我一定要去。

他估计,她就是为这来的,她不是在电台做节目嘛。

不过,内心深处,他还是有点怀疑,她真是为了上海的建筑来的么?

访问洛杉矶时,有半天的安排是购物。整个代表团十二个人,分成了五拨走,有的要去跳蚤市场,边看热闹边选购小东西,有的要去百货公司买服装,有的则提出要去专为中国出国人员开的商店选购,说那里的东西最适合短期出国人员购买了。在风行了两三年精华素之后,目前正风行深海鱼油。好几个团员都有亲戚朋友托买鱼油。还有两位被洛杉矶的亲戚接走了。惟独他,什么东西也不想买,只想随便看看。于是对方就安排她专门陪他。

　　他们两个人就这样有了半天单独相处的时间。他们在商场里看了些什么,他记不得了;他们之间说了些什么,他也记得不很分明了。但在分别了这么久之后,他还始终记得她在自己身边时的那一股特别的气息。是温馨么,是芬芳么,似乎都不是,又仿佛都有一点。每当想起她,或是接到她的长途,给她写信,他总觉得自己又感觉到了她身上那一股清朗的气息。对

4

了,确是清朗的强烈地吸引他的气息。这会儿,他又感受到了她的那一股气息,好像她就在自己身旁一样。这真是很奇怪的事情。

离开洛杉矶的时候,她来送他,他望着她,她很突然地说,我会到上海来找你。

这话几乎每一个参加接待的人都说了,只不过他们全是在昨晚的告别宴上说的。并且还说,只要到了你们居住的城市,我们就会来找你们。喝酒的时候,来自内蒙古的那个团员成了最有可能被找的人。因为生活在美国的这些同行几乎个个都对内蒙古的一切充满了神往。他们一和他讲话,总要讲到茫茫无边的大草原,讲到对美国人多少有些神秘的蒙古包,讲到内蒙古民族的风情和粗犷豪放的民歌,还有马头琴和长调。没人说到了上海要找他,只因为他们差不多都去过上海,言下之意他们要玩,也要到别处去了。即使有些人说了会到上海,他们在上海也都有朋友。她当时没说话,没想到,到了真正上车去机场的时间,到了临别的这一刻,她会这么说。

欢迎你来。

无论是礼节还是客套,他都得这么说。没有人听得出他话里有什么热情,更没人听得出他这是出自肺腑的心里话,他怀着一颗真挚的心盼着她的到来。不知为什么,只要一想到她,他的心里就有一股异样的感觉,就觉得嗅着了来自她身上的气息。

飞机从北京腾空而起的时候,她心中的忐忑不安愈加强烈了。还是在昨天,属于中国东方航空公司的这架客机由洛杉矶起飞时,她有过这样的心情。遂而想到还要整整飞行十多个小时,与其总是悬着一颗心费神猜测,心神处于惶惶不宁之中,还不如安心地在航行中睡一觉为好。到了她这个年龄,脸庞上这儿那儿,多少起了点讨厌的细纹,她太知道良好的睡眠对舒展脸庞肌肤有多么重要了。

　　飞机是准点到达北京国际机场的。按理说也该准点飞往上海。可是北京机场要 MU584 航班的空中小姐们通知所有旅客，将一切随身携带的物品带下飞机，就是空中小姐们也不例外，经过检查之后再登机。她觉得这有些小题大做，但她无所谓，她的两只旅行箱子都交付托运了，随身携带的就一只小包，上上下下并不费劲。相反她还觉得，这样体验一下也好，他不是就生活在这么一个大环境、大氛围中嘛。

　　想到身临其境地体验他曾经生活过的环境，她甚至于觉得挺有趣。没想到空中小姐们的意见不比旅客们的小，重新登机后她们宣布，航班拖延，全得怪机场海关，是他们多事儿。

　　在座位上坐定后，她瞅了瞅表，误的时间并不长，只是把原先可能提前的时间扯平了。这么一来，倒正应了她原来的计划，晚上九点钟到达。这不正是她为了千年这一时代隘口刻意计算的时间嘛。在飞机有可能提前到达的时候，她盘算过，下了飞机以后，她有意识在领取行李时拖延一点时间，让她走出机场的时候，正卡在九点这一时间。现在她不需要故意拖延了。只要飞机没晚点就行。在机场接人等待时的那股滋味，她是尝过的。那年夏天，为接他和他所在的那个代表团，她在洛杉矶机场整整等了四个多小时。这四个小时后来成了他们相识的预兆。她曾抱怨地想过，什么重要的人物，要他们整整等待四个多小时，连吃饭都不敢离开得太久。而自从认识了他，她就觉得那一天的等待是值得的。至今她还记得，他随着一群人一同走出来的时候，她一眼就注意到了他。

这是不是命运的安排？

如果她的飞机也晚这么长时间，他会有耐心等待吗？

他会来接她吗？

明知这些问题是多余的，她知道他会来接

自己。还是在前天晚上，她和他通过一个电话，明确告诉他，她要飞来了。挂断电话时她说，那么后天见。他连忙纠正她说，怎么是后天？对我来说是明天，是九号的晚上九点钟。可见他是记得非常清楚的，他一定会来接她的。

但她还是有一种心无所属的感觉。就像是坐在飞机上，飞行是平稳的，坐在位置上是安全的，她仍觉得自己悬在半天云空之中一样。自从开始这次旅行，她的精神始终处于亢奋之中。她想平静下来也不行，想到很快就将见到他，她有一种莫名的激动。

空中小姐在广播里通知，一个半小时以后，MU584 航班将降落在上海虹桥国际机场。机场的地面温度，摄氏三十三度。怎么会这样热，快赶上马来西亚的温度了！可中国明明属于温带啊。照理还可以合眼小睡片刻，她却怎么也睡不着了，她强迫自己闭上眼睛休息，长途飞行毕竟是很累的。谁知合上眼之后神经更为敏感。她的眼前不断地晃现出他的脸庞。

在北京下去了一大半旅客，宽大的机舱里比原先安静多了。她的身旁左右都没人坐了，机舱里平添几分寂寞，不远处两位旅客在叽叽咕咕，说北京海关发现空中小姐从美国带回了很多深海鱼油，多的上百瓶，少的也有几十瓶。海关故意在卡空中小姐呢。

广播里又在通知要给旅客们供应晚餐。机上客人少了，顷刻工夫食盘就送了上来，是道地的中国餐，香味十分诱人。她却一口也吃不下，飞机到达北京之前，已经供应过一餐。她怕夜里到得晚，把那一餐全吃下去了，这会儿怎么还吃得下啊？空中小姐来收食盘的时候，她把原封不动的食盘递还过去，那个一对杏眼的姑娘诧异地瞪大了眼睛。

时间不多了，她离座去卫生间。她要化一下妆，尽管从洛杉矶飞往北京的十多个小时里，她睡了大半时间，自觉精神情态都还可以。但这毕竟是在飞机上,即使睡着了也是睡得不踏实的。如若脸部有什么不妥处,她还可以通过化妆掩饰过去的。她希望自己给他一个惊喜,一个焕然一新的感觉。她说不准这是一种什么心态,她不想马上告诉他这一次旅行孕育着更大的一个人生转折,在做出这一重大的改变时,她有一股强烈的恋爱中的感觉。如若不到上海来,她就直接远离熟悉了的洛杉矶都市生活,脱离现代化的尘世,她会感到缺憾的。只是不知道,他意识到了么? 和他通电话时,他几次问,到上海想考察什么? 想了解点什么? 想玩些什么地方? 他好有点准备,好为她安排。每次她都含糊其辞地搪塞过去了。真见了面,他一定又要问同样的话题。这个傻瓜! 飞越整个太平洋,一万一千多公里,你说是为了什么? 仅仅只为看个景致,玩个名胜,有这个必要吗?

耳朵里有些胀,空中小姐在提醒大家,飞机在降落了,请系好安全带。

哦,上海,上海要到了。多少次在梦中向往、憧憬的上海,很快就要扑到她眼前了。

她顾不得系上安全带,凑到机窗边上,贪婪地往下望去。

这是上海吗,她疑讶地瞪大了双眼。那耀眼的灯火和夏夜的星河交相辉映着。不,地上的灯火比夏夜的星河还要繁密还要灿烂炫目。怪不得有人回美国后告诉她,上海的灯火比东京的银座还要璀璨夺目、还要欣欣向荣,比洛杉矶的灯火还要生机勃勃、还要多姿多彩。她感到自己全身心在起着一种变化,她有一种莫名的兴奋,她怎么觉得这一切竟然如此亲切,好像她回到了自己熟悉的地方,好像这儿就是久违了的故乡。她看得有些呆了,心中却比什么都明白,她是第一次从飞机上看到上海的夜景。上一次她们到达上海的时候,是白天,况且是飘洒着霏霏细雨的白天。从飞机上望下去,上海当时整个儿被笼罩在灰蒙蒙的雨雾中。而此时此刻,她之所以会有这种心情,全是因为他,他日日夜夜地生活在这个城市里。

他驱车赶到虹桥机场的候机厅时,屏幕上显示的 MU584 航班,预计抵港时间是八点二十,比航班时刻表上提前了四十分钟。他欣慰地吁了一口气,幸好他早来了,要不,她走出来,没见他来接,她不知急成个什么样儿呢!直到这时候,他才发现,自己是那么急切地盼望着她的到来、盼望着和她的重逢。

没想到他仅在候机厅的售书处逗留了十分钟,再次回头看屏幕时,抵港时间变了,变为九点了,也就是说准点了。那也没什么,耐心地等待半个小时罢。他找了一个座位,掏出离家时刚收到的一份《生活周刊》浏览着。

报上登了些什么,他看过即忘。脑子里始终在忖度着,她要来了,安排完住处,他得问清楚,她此行的目的,如果她要离开上海去杭州或是南京,那么最好早点定下来,他也可早作安排。还有,她在上海究竟待几天,他得干脆彻底地请准几天休假陪她。

他始终记得,去年秋天她打算订票来时,在电话中对他说过的话:我一个女孩子,单身独个儿来到一个陌生的大城市,一个认识的人也没有。我就认定你了,你可得多多费心,帮我的忙。

当时他颇觉好玩,她怎么自称是女孩子呢?那年初夏他去过她的在洛杉矶甚为讲究的家,她是两个孩子的母亲,她的丈夫还一起帮助烧"索米"汤给大家喝。她说两个孩子快上大学了,她怎么是女孩子呢? 一起陪同去她家的友人说,她家所住的区域是洛杉矶数一数二的街区,她家周围的每一幢别墅小楼,都要卖到五十万美元以上。她容貌再显得年轻,实际年龄也该有三十七八岁了。

她是一个漂亮的女人。在一大群人中间,

她的形象都是出挑的。她的美让他觉得自然、质朴而又难忘。在接待过他们的好些美籍人士中,有几位女士都美得撩人,但都没给他留下印象。惟独她,说话很少的她,似乎总在用她那双眼睛,和他默默地交流着什么。

现在她真的来了,不像往常只是说说而已,她从空中飞来,从遥远的大洋彼岸飞来。

MU584航班是八点五十落地的,没托行李的旅客,九点钟时就陆陆续续地走出来了。他走到出口处远远地望进去,没费多大劲儿,他就在转盘旁的人堆里看到了她。她正在把箱子放上行李车,真不巧,在这当儿会遇到熟人,有人在热情地叫他,不但提醒他曾经听过他的课,还把刚刚接到的来自洛杉矶的一个商人介绍给他认识,等他好不容易摆脱了两人的寒暄,再一转脸,她已经推着行李走出来了。他大步迎上去想招呼,不料她戴着的一副眼镜使他望而却步了。记忆中她是不戴眼镜的,毕竟几年不见了,他别认错了人。他着慌地连忙把目光扫向后面涌出的人流，散乱的人流中大多数是男士，也有几位老太太，再没见年轻的女士了。他赶紧又追了出去，她正推着行李车走向道口，她推得很慢，神情也有些迟疑，他赶到她身后的时候，她干脆停了下来，先抬头望了一眼钟，他的目光追随着她望去，哈，真正是巧极了，墙上的时钟指着九点零九分。她摘下了眼镜，这下他看得清清楚楚，正是她！他大步走到她的跟前，她笑了，伸出一只手，喜悦地握住了他的手说："在里面等行李时，我就在找你了。怎么没见你？"

"我早看见你了。只因为你的这副眼镜，我不敢认你了。你原来不戴眼镜的。"

"这是一个好时间，"她说着，像提醒他一般指了一下钟："我们重新相会在一九九九年九月九日晚上的九点零九分。"

他望着墙上的钟，不由惊喜道："真太巧了！这有什么预兆吗？"

"你想嘛,九九九九九九九,一共 7 个'久',多么吉利。"

"哦?"

"这预示着,我的这一趟世纪末旅行,必将是圆满如意的。"她若有所思地道,"在新的世纪、新的千年开始的时候,我会有崭新的生活。"

他重重地点头迎合着她:"但愿——"

他们一起推着行李车走出去,他招来出租,她要搬行李,他抢着说:"你别动,我来,我来。你先上车坐着。"

她从第一眼见到他时,心头就踏实下来。他主动推着行李车走出候机厅时,她真想依偎在他的怀里一起走出去。不知为什么,她总觉得他不是朋友,而是她的一位可以信赖的亲人。

出租车往市中心驶去,他告诉她,已为她订好了市中心的客房。离静安寺很近。她会满意的。如果她晚来几天,延安高架路的中段通了,从机场到市中心，只要十多分钟就行了。

这么快啊，她满意地笑了。一切的担忧、不安全都烟消云散了。她笑着告诉他，在洛杉矶飞往北京的航程快结束时，她和几位河南郑州的个体户老板聊天，从他们的嘴里，惊讶地听说他们原来是自费到美国去考察的。他们竟然这么富！中国真的变了，变得令她想象不到。

他却心平气和地坐着，一副无动于衷的样子。直到她叽叽咕咕说了好一阵，他才轻描淡写地说："这种事多了。"

他挨着出租车的右侧车门坐着。她则坐在后座的中央，挨得他很近。她的左侧还空出足可以坐一个人的位置。即使这样，他仍察觉到来自她身上的那一股清朗的气息在强烈地诱惑着他。她转脸瞅着他说："你看上去一点儿也没变，还是那么年轻。"

他认真道："怎么没变化，老了。"

她清脆地笑出声来："你也老么？"

他侧过脸回看了她一眼："你怎么戴了一副眼镜？"

他已经是第二次说这话了。她说："到了晚上，我视力差。为了要认出你，就戴上了眼镜。"

和他说话，不论说什么，她都觉得愉快。什么原因她说不上来，她只相信这是缘。飞机降落前她还在犹豫，不知自己如此莽撞地闯了来，对还是不对。见了他，她就认定了，她是该来的。

他开始给她讲那年他们离开洛杉矶以后，前往美国东部访问的一些情况。他说他喜欢尼亚加拉大瀑布，他对东部公路两侧的绿化由衷地称道，他对那次旅行表示满意。惟独遗憾的是，导游介绍得太一般了。若是有人能结合美国人的日常生活作些介绍，那会更好的。

她说你别看接待你们时一个个主人都热情洋溢的，但是那么多人谁都不愿意陪同你们作长途访问。他们都太忙了，忙着赚钱，忙着干自己的事,忙着在情感的漩涡里挣扎,自私自利,专心致志于自己的事情,这在美国是天经地义的事情,无可厚非。因此在洛杉矶时他们只能规定一人一天轮流陪同。她事前根本没想到会认识他,等到和他有了交往,她想陪着大家一起去东部,已经来不及了。为此她甚感遗憾。她想他一定听得出她的抱歉之意和言外之声。她是真诚的,他们离开洛杉矶飞往纽约的那天早晨,她陡然产生了一股强烈的依恋情绪,她什么事儿都做不成。她明知留不住他们,日程是她参与制定的,她想陪同他们前往,这样至少可以和他多接触几天呀。但是,不仅仅是订不着票了,洛杉矶的人们也会感觉奇怪的。当初在讨论如何接待他们时,她不也和其他人一样推三推四嘛。就是现在想来,她也觉得惆怅。她把手轻轻地触碰了他一下,说:"那天早晨,我驾车到了旅馆前,远远地目送着你上车远去。"

他转过脸来似信非信地望着她,她感觉到

他目光灼灼地蕴含着那么多的内容，又补充了一句："我看到你了，你挨窗坐着。"

他默然无声地点了一下头。他还记得，离开洛杉矶的那天清晨，他是坐在挨窗的位置上。他的心里又是怦然一动。

说话间宾馆到了，一路上几乎没堵车。手续办得很顺利，只因房间他事先预订好了。就是在缴付押金时出了点小麻烦，她只带了一百美元现金，而押金需付二百。她拿出信用卡来，一连递过去几个，都刷不出来。她只得拿出旅行支票先押着。他在一旁带点歉意地解释说，这幢宾馆刚经过大修，一些设备还没配齐全。服务员小姐跟着也向她表示歉意。她突觉得一阵温暖，明明是她准备不充分，带的现金太少，他却把过失都揽过去了。她来过一次中国，知道中国人爱付现金的情况。

她住的是709房间，一间宽敞的客房。客房设施都抵得上美国四星级的水平了。

合上门的那一瞬间，她陡地察觉到，在这间空荡荡的客房里，只剩下了他们俩。她有些惶恐，有些手忙脚乱，她预感到要发生些什么，她也期待着发生些什么，她又怕发生什么。她一样一样往外拿着自己准备的小小的礼品，给他儿子准备的是一只表，那种美国中学生最喜欢的时髦的运动表，给他太太准备的是一条围巾，给他的是一瓶酒，那是在机场的免税店临时买的，她不可能当着北野的面给他准备礼物。

他接过礼物，嘴里在嘀咕着："你不该带礼物的。"

"那我该带什么?"她嗔怪地问。

他留神到她严厉的语气，说："只要你人来了，比什么都好。"

"真的吗?"听了这话，她莞尔一笑，大睁双眼注视着他。他经常这样，突如其来地说出一些可爱的大实话。

他回避着她的目光，她正要逼着他说，门上

轻叩了两下,服务员小姐送进温热的毛巾,他一边擦脸一边对她说:"你先洗一下脸。坐定下来,我们谈一下安排。"

她取过毛巾,走进卫生间,面对着硕大的镜子瞅了一眼。哦,莫非这是一面魔镜?她的脸上绯红绯红一片,容光焕发,特别是那对眼睛,神采飞扬地闪烁着灵光。真有这么美吗?她怀疑地盯着镜子里的自己。她机械地拧开了龙头,洗了洗手。这当儿她全明白了,这是因为见了他,她神态上才会发生这么大的变化,才会露出连她自己都难以置信的美。

他真是一个傻瓜,为什么看不出这一点来。也难怪,他还叫她洗脸,化了妆的女士,能轻轻易易把脸一抹洗净么。

她回到客房里,服务员小姐退出去了。他仍端坐在椅子上,端详着她送的礼品,她怕他像美国人一样当场拆开来看,那就没个完了。她摆着手说:"你别打开看,回家去看罢。"

说着,她走到他旁边的圈手椅坐下。直到此时她才发现,不知何时,她已照着美国家里的习惯,把脚上的皮鞋蹬了。

他说有一件事情得事先定下来,那就是她仅仅只在上海逗留,还是要到上海附近的地方去转一转。若要去转,她想转的是什么地方。

她仰起脸来,眼角瞥了他捉摸不透的脸一下:"离开上海,你也去吗?"

"我就不能去了,"他稍带歉意地说,"不过没关系的。我可找个人陪你去的,你放心——"

"那我就不去了。"她简短地截断了他的话,她想尽可能说得平静一些,可她的语气里还是露出了明显不悦的口吻,"这次来,我主要就是想好好看一下上海。"

他显然感觉到了她的不悦,连忙说:"对。主要是完成你预定的计划。这次来,你想看什么,除了搜集有关弄堂的资料,还想看什么建筑?尽可能满足你之后,我们再安排游玩。"

这个木瓜！他果然一本正经地问起来了。她离开圈手椅，坐在他斜对面的床沿上，这样比隔着一张小圆桌离得他近一些。她两眼凝定地望着他说："这次来，我的主要目的有两个——"

"对，我就想知道这个。"

"很偶然地，我见过一本摄影册，"她昂着头，眨巴着眼睛，回忆着说，"叫什么正在消失的上海弄堂。既然在消失中，我就想看看，拍摄一些照片，留作纪念，同时，在电台做一档节目。"

他顿时显得高兴起来："那太好了，也很方便。还有呢？"

"还有嘛，就是想看一下开发区。"她慢吞吞地说着，一点也不明白他为什么一下子显得这么高兴。真恼人，她怎么也想不起开发区的名称来了。去年秋天，洛杉矶有一对写武侠小说的夫妇来上海，回去后和她通电话，说他陪着他们逛了开发区，看得真过瘾。她当时就产生了一股强烈的也想过过瘾的欲望。而且，那对夫妇特意说明,今天的上海人,最愿意客人们去开发区,因为那儿有大桥、有电视塔,有他们的自豪。莫非他就是为这高兴?

"看浦东新区,"他说,"是么?"

"对对对,"她连忙申明,"我在报上看到的,既然是新区,必然和老区的弄堂不一样。"

他在一张纸上重重地写下几个字说:"这也容易。你还有什么要求?尽管说罢。"

他当真不明白。她忿忿地瞪着他,从见面到现在,她始终只顾盯着他的脸看,直到这时候,她才发现,他穿着一件深色 T 恤,头发随意地蓬松着。走在马路上,他会是一个最不起眼的中年人。他的身上有什么东西打动她,并且磁石般强烈地吸引着她?她不用思忖就能解答,正是他这副不修边幅的模样,令她神往。几年前她随团正式来访时,二十一天时间里走马观花地走了十五个大中城市,每到一处都受到热情接待、盛情款待,沉浸在一场又一场座谈会、报告会、交流、宴请之中。在那些个场合出现的所有男士，无一不是西装革履、风度翩翩，有的略显拘谨，有的潇洒自如。特别是上了宴席，他们在喝过一点葡萄酒甚至啤酒以后，无不红光满面，谈锋甚健。不少人还会当众放歌一曲，凭良心说，唱得还真是很不错的。气氛热烈时，他们还会主动邀请女士跳舞，一切都那么彬彬有礼，一切都给人一种程式化的感觉，连座谈时也不例外，他们的发言，时常给人感到是在致外交辞令般周到，让她感到，中国人在场面上都是这么一种形象。惟独他，那年在洛杉矶访问，今天在这里重逢，都是穿得挺一般的，和她在马路上看到的绝大多数中国人一样。她相信，这才是普通中国人的本色。

　　一不说话，屋里静得出奇。她瞅着他那副傻样，认定他的头脑准是因为一天的忙碌而变迟钝了。她决定要告诉他，于是放缓了语速，轻声地几乎是一字一顿地说："第二个目的，就是想来看看你。"

屋里的空气几乎凝固了。

她觉得脸颊上一阵阵微红微烫。这话从她嘴里吐出来，无疑是在向他明确地表白。表白她的思念，表白她的心愿，表白她对他的倾慕，表白萌动于她心中多时的爱。在多少个黄昏和清晨，在多少个面对花园泳池的冥思沉吟中，她憧憬过这一时刻、想象过这一时刻。她太明白了，当她说出这话以后，会发生些什么。若是在美国，男士听到这话，一定会毫不犹豫地过来多情地吻她、拥抱她。即使是在她度过青春时代的日本，在她度过少女时代的台湾，那些男人也会欣喜若狂地扑过来。这两个地方的文化和中国大陆是很接近的呀。尤其是台湾，同宗同族，一脉相承，说的是一样的普通话，很多风情俚俗都是一样的。

可是他，坐在那里，为什么一动也不动呢？

她大着胆子瞅了他一眼，她以为他是聋子！

"谢谢!"他温文尔雅地说话了,一点也不傻。他那副神情,比那些欧洲外长在国际谈判中的风度还令她神往。

这会儿她反觉得狼狈了,她怔了一下,连忙补充一句说:"想通过你,了解一下普通中国人的生活。"

"那就简单了。"他说着一扶圈手站起来,"几天时间,你会满意而归的。在完成了你的预定计划以后,我建议你还是到上海附近的地方去走走。我请准了假,可以陪你去。"

"谢谢。"她已注意到他改变了态度。

"时间太晚了,愿你克服时差,休息得好。"

"那明天……"她随着他向门口走去,失望的情绪在她全身上下漫延。

他站在门口回转身来,她正在屋里四处搜寻方才蹬掉的皮鞋,她急速转身,忙乱得六神无主地用目光寻找,皮鞋不知给蹬到哪儿去了?她好不容易在床角那儿看到一只,把它穿在脚上,又终于在茶几旁边发现一只,她跑过去穿上。他摆着手说:"你别出来了,明天上午我来接你,九点钟……"

"不能早点吗?"她急切地插话说。

他看一下表,笑着说:"你看,现在已是十点过了,到明天九点,也就十多个小时,你还要休息呢。"

"好吧,听你的"。她平时也爱睡懒觉,点点头同意了。跟着他走出房门时,她接着说,"反正我这几天,全交给你安排了。"

她说话越来越肆无忌惮,管他听不听得懂话中的意思。

"你就别下楼了。"他伸手阻拦着说,"抓紧时间休息。"

"不,"她耍性子一般说,"我要看着你上出租车。"

她坚持着和他一起沿走廊走向电梯,又解释一般道:"我刚才说的来看你,也包括来看看

你所生活的环境,住房啊,住地周围的地方
啊——上海叫什么,那些一条条的——"

她一下子又语塞了。

"弄堂,"他说,"弄堂这个题目很好。"

"对,弄堂。"她嘴里应着,心里却在道:鬼的
弄堂,我是为你来的呀! 为你而来的,你懂
不懂?

他们一起来到电梯口,她注意到,在他们等
待电梯的时候,那位十八九岁的服务员小姐,始
终站在服务台后边瞅着他们。

坐上出租,倚靠在后座上,他垂下了眼睑,
眼前却一直晃动着她庄重地向他当面表白的情
形。飞越一万一千多公里,她就是专为他而来
的。听清楚这一点,他的心情总是在波动起伏。
来自她身上的那一股特有的气息,浓烈得像化
不开一般不断地向他袭来。

他真正地受了感动,感动得不知如何讲才

好。一个来自异域他国的美丽女子，无论是那双大大的亮亮的时常像沉浸在梦幻中的眼睛，无论是挺拔端庄的十分灵巧的鼻梁，无论是洁白的肤色，无论是她充满表情的嘴还是她那高矮适中不胖不瘦的身材，都是无可挑剔的。那年他们一起去的那个代表团里，男男女女有十多个人，几乎人人都说她是一个动人的女子。粗硕的来自北方的一个大高个子以他特有的率直说：如果这样的女人看得上他，他愿意为她舍弃一切，包括现在的妻室儿女。他说时的那一副认真相，还被大伙儿着实地取笑了好几天。

现在她来了，从空中飞来了，真的是像仙女一般从空中飞来的。而且一来就直截了当地给他挑明了，她是为他而来的。他感到出乎意料，感到仿佛不那么可信，感到愕然的同时，还有些受宠若惊和暗暗窃喜。

他真有那么大的魅力吗？

连他自己都不信，他已人到中年。他有一

位温顺体贴的妻子,有一个可爱的儿子,他身上有什么可以吸引她的东西呢？她以如此肯定的语气对他这么说,她了解他吗？显然她对他的了解是不多的。就像他对她的了解不多一样,除了去过一次她富足豪华的家,在她家吃过一顿过于丰盛的早餐,遂而就是她打过来的无数个国际长途电话,在电话中聊着有时有趣有时并不有趣的话题,除此之外,他对她的了解真是少得可怜。难道爱情突如其来地闯来时,真的是无缘无故横冲直撞的吗？

抵家已临近十一点钟,妻子倚在床栏上还在等他,轻轻地问:"怎么这样晚?"

他探究地望着妻子平静的脸,回答说办一系列手续费了不少时间。妻子便像往常一样地翻身安然入睡了。当他洗漱一番上床,妻子已经睡着了。

他躺在床上,却是怎么也睡不着,脑子里总在想着来自远方的旅馆里的她,想着她那句非同寻常的话。他大睁着双眼，眼前不时掠过她的倩影。

她的到来，一下子划破了他平静安然生活的湖水，夜半一二点钟时，他终于想到，明天还要陪她。如若不好好休息，明天就会精力不济。他又觉得有点儿可笑，也许，这会儿，在旅途上飞行了一万多公里的她，早在舒适的宾馆里睡熟了罢。

一觉睡醒，家里已是一片宁静。妻子上班去了，儿子上学去了，他从盥洗室出来，随便喝了一杯牛奶，吃了两片面包，下了楼走出新村，他发现自己的精神出奇地好，一点也没因为昨晚睡迟了感觉疲倦，他向街两头瞅了一眼，就自信地招手要出租。

睡过了头，时间有点紧了，坐上出租，看了一眼表，他放心了。九点可以赶到宾馆，幸好他给她约的是九点。

又是一个酷热的大晴天，虽说节令已是秋

天,但这样的日子不开空调还真够热的。

　　九点整,他来到 709 房间门口。连续按了几次铃,屋内没一点儿动静。他想她因时差关系,睡过头了。他退到楼层服务台,给客房里拨电话。电话就搁在床头,声音显然要比门铃响得多,可就是没人接。他猜她上十二楼吃早点去了。说定了时间的,吃完早点,她总该回客房的。于是他耐心地等在楼层服务台旁边,注视着电梯口。

　　七楼窗户,居高临下,能清晰地看见宾馆后面一个绿树婆娑、郁郁葱葱的花园,园内亭台楼阁,曲径通幽,颇有几分宁静的美。她会不会也在园中散步呢,他凝神搜寻着,园内只有零星几个散步的客人,却没一个是她,唯有绿叶片片随风摇曳着。

　　时间在悄没声息地过去,就是不见她的人影。他在楼层上都等了十多分钟了,一个人吃一顿早点,要这么长时间吗? 她会到哪儿去了呢?

直到此时,他才猛醒道,他是那么强烈地想要见到她。

夜里,乘电梯上来,她是逃遁一般回到709客房的。

他坐上出租一走,她陡然感到自己是那么孤独,孑然一身走进电梯、影孤形单地走过寂然无声的长长的走廊,她忽觉有些害怕。

回到客房里,闩门,沐浴,换上睡衣,她机械地、麻木地做着一切。倚在床上,她的精神少有的新鲜,一点儿睡意也没有。想到明天的日程,她以为自己是能睡着的,但她睡不着,甚至于连躺都不想躺。已过十二点,这座陌生的大城市里的一切,都沉浸在梦乡里了。惟独她丝毫没有睡意。若是在洛杉矶,此时此刻,该是上午的九点左右吧,那是她一天中最为紧张忙碌的时刻,怎么可能会有睡意。

她打开了电视机,电视台的节目差不多都结束了,唯有宾馆自办的电视还在播放。一看画面就知道是打斗片,她没兴趣,只见一帮人在银屏上杀来杀去,刀光剑影,充满了血腥味。但她仍把电视开着,让它有一点声音,驱赶她心中的孤独感和莫名其妙的胆怯。他在下电梯时告诉她,这是一个绝对安全的旅馆,她尽可以放心休息。她信他的话,可还是不习惯。去马来西亚那一次,她也是孤身一人出门旅游,人人都说是安全的、安全的,她就是有一种说不清道不明的预感,结果不就出事了嘛!

　　她真懊悔把他放走了。她应该留他下来多聊聊,这间客房真大,比一般三星、四星的客房都大。她倚在床头,显得那么渺小、那么寂寞。他会想到吗? 只要他在,这间客房里的一切都会变得辉亮起来。唉,她怎能由他离去便让他去了呢? 她不是已经对他说了,是为他而来的吗,是思恋得她不能忍受了,才毅然决然而来的吗？这不是她的一时冲动，而是她深思熟虑以后的决定。她为什么不把自己的感情说出来，是他没有问。他要是始终装聋作哑，她就永远也不说吗？那她不远万里，跑这一趟干什么呢？

在想象中，她一直以为，只要她见了他一面，她狂躁的心就会平静下来，她内心强烈的萌动，就会安宁下来，她情绪上的烦恼和骚动，就会自然平息。哪知她一见了他，神魂全附在他的身上了。这是什么缘故？和她的丈夫，她从没有过这样的感情，她已经和北野共同生活了近二十年，和他生了两个孩子，她从没有体会过如此强烈的感情折磨，思来想去，只有用缘分这个词来解释。要不，她今天的举动，不让人觉得疯癫那才叫怪。

她和他，所有见面的次数加起来，一共也没几回啊。

在洛杉矶，陪伴着他在购物中心偌大的店堂里踽踽而行地浏览时，她不是总觉得他的身上似有磁性般吸引着自己嘛。走过家具商场时，他对陈设的家具不屑一顾，显眼的地方置放着几套上万美元的红木家具，他瞅了几眼，说这些家具不如国内的好。走过家电商场时，他几乎是旁若无人地走了过去，直到快走出大门了，他又突然折返回去，请她帮助挑选了一台原装的索尼随身听，说是国内的朋友托买的。买好他就匆匆离去。惟独在工艺品商场，他逗留了好久，她问他是否对这感兴趣，他说不，他只是喜欢看。她问他就不想给家人带点礼品，他说小礼品好买，到了美国东部，离境前买来得及。她注意到了，在一镜框柜台旁，他拿起几个嵌相片的镜框端详了一阵。她估计这是他喜欢的，在他离开洛杉矶时，她给他买了几只镜框。整整一下午，与其说是她陪着他逛商场，不如说是他在陪她。她像往常一样兴味浓郁地看着很多新摆出来的商品，看到自己感兴趣的，还拿给他看，他会发表一些出乎她意料的观点。有几次她转身征求他意见时,恍惚间她觉得是在向自己亲近的人询问。她惊讶于自己的这一感觉,却又不知为何? 除了观看商品,他们一直在聊天,在他面前,她的话特别多,他不知道她的个性也是寡言少语的,惟独她自己清楚,和他在一起,她感觉到一股莫名的兴奋。她说什么他都十分耐心地听着,当她不说什么的时候,他默默地瞅着她,眼神专注而又凝滞。她永远记得他叙说的内地乡村的生活,记得他所受过的苦。就是这番话拨动了她的心弦么? 好像是,又不完全是。在他没讲这一番话之前,她就很依恋他了。是的,北野从来没耐心听她的讲话,北野也从来没有陪伴她逛过商场。她要来商场,总是带着两个孩子。北野很英俊,但他却永远不可能用他那样的目光凝视她。

事后,她为这一从未有过的体验写过一篇短文:《友人》。

"不,舍不得你走,你不要走啊!"一个嗲声嗲气的嗓门尖脆地嚷嚷着："不要走啊，你回来。"

她一怔，瞪大了眼睛，银屏上一个美貌的姑娘在朝远去的恋人嘶声叫喊。这姑娘穿着飘飘逸逸的古装，手中持一把雪亮的长剑，跺着脚、淌着泪拼命地朝空中嚷嚷着。

哦，这姑娘还能向心爱的人使劲地叫喊表白。而她呢，她连向他暗示一下的勇气也没有。要依她的性子，她真该对他说，她一个人孤零零地待在客房里，她怕，她希望他留下来，坐在她身旁的圈手椅里，陪伴着她。她朝思暮想的，不就是这样的情景嘛！他若是此刻真在这里，该有多好。她却说不出口，她知道他有家，有妻室子女，她知道上海的时间已临近半夜。她终究是个知书达理的女子啊。

她深叹一口气，无奈地垂下头。自小她就任性惯了，她想要做什么就做什么，想办什么事就办什么事，想达到什么目的就能达到什么目的。她想要从洛杉矶飞到上海来,还不是给她来成了。为什么来到他的面前,她就瞻前顾后不知所以了呢,她就不能如愿以偿地想做什么就做什么了呢? 难道他的身上真有什么魔力?

不,不管它,什么都不管它! 世上能有什么东西阻挡得住爱情的力量呢? 明天他来了,她就是要我行我素,就是要按自己的愿望行事。她管不了那么多,她什么都顾不上了。该说的她得说,该做的她也得做。

想是在这么想,决心是在这么下,思忖的时候十分坚决,但她的内心深处,却又是动摇的、没把握的,还有什么比渴望想要得到却又得不到而伤心呢。

不知什么时候,热泪淌满了她的脸颊。

银屏上的画面不知什么时候消失了,开着的电视机屏幕上一片雪花,声音嘈杂刺耳。她茫然若失地倚床而坐,视而不见,听而不闻。

她不知自己是怎么睡着的,重又睁开眼睛

时,偌大的客房里已是一片明净雪亮。她醒悟到长长的飞行毕竟是疲倦的,她拿起床头柜上的表一看,竟已过了八点,看起来他昨晚上说得还是对的,时间过得真快!她赶紧离床走进卫生间梳洗化妆,照洛杉矶的规矩,她穿上了一身秋装,哪知一出房门就觉得热,她猛地想起昨晚上飞机上报出的温度,又回到屋里,换上了一身飘逸的夏装才觉得合适。

到十二楼吃完早点,她一看表,糟了,时间已近九点,她想他要来了,心里直惦着想要早一点看到他,她从十二楼直接下到底楼大厅去迎候他。

底楼大厅不但宽大堂皇,装修得十分气派,还给人一股庄重感。大门左侧摆放着一组沙发,她走过去坐下,耐心等着他的到来。

九点十分了,他没有来。

九点二十分了,他还是没有出现。一圈沙发上坐着的客人,一个个站起来见到了自己的朋友,惟独她,仍一个人孤零零地坐在那里等着。

他这是怎么了?说得好好的,九点钟。怎么会不来呢?他要真不来,她这一天怎么过呢?天哪——又过了五分钟,她升起了一股绝望的情绪。自从在马来西亚海域遭遇过那么一次重大的灾难,她时常会体验到那种透心凉的绝望。哦,就是止不住,泪水一阵一阵地在涌上来,似要夺眶而出。

泪眼模糊之中,她看到他走来了,而且是从电梯口走来的。她这时候才想到,他没有骗她,他一定是直接上楼到 709 去找她了。

她克制着自己浑身的激动,坐着等待他走近身旁来。当他走到她身前时,她朝他伸出了一只手,她没有想到,伸到半空中的那只手,竟然因激动而微微颤抖着。

他是在七楼等久了,才陡地想起,她会不会

先到楼下去了。和服务员说了一声,他下楼来找她。

进入大厅,他一眼看到了她,她穿着一条短短的黑裙,上身是一件雪白的网眼衫,一下子年轻了十来岁。

他疾步向她走去,到了她的跟前,他看到她一脸的忧郁。尤其是她那双眼睛,深深地沉浸在泪光下,透出一股绝望之色。

他不由得一怔:"你没事吧?"

"没什么。你、你到底还是来了。"她的语气和声调,把她想要掩饰的感情,暴露无遗。

他骇然地瞪着她,见她伸出手来,连忙握住她的手,道歉地告诉她,他进门时留意过沙发,没见到她,才直接上楼去了。

她的脸色在顷刻之间起了变化,眼神里也有了喜色,拉着他的手站起来说,在十二楼吃完早点,怕他等,就直接下楼了。

两人默默地相对而站,他由衷地感觉到,自

己在她心目中的地位,内心里又一次感到震撼。他尽可能保持着语气的平静,举起手中的相机问:"你带相机了吗?"

她点头:"带了,可起床后,我性急慌忙地,却发现相机坏了。"

"没关系,那就用我的。"说着,他转身向小卖部走去,她一把逮着他说,"你要去买胶卷么,我有很多,走吧。"

上了出租,他转脸望着她,忍不住关切地问:"你的眼睛怎么啦?"

"我把电视机开了一夜。"

"为什么?"

"我怕。"

"怕什么?"

"你不在我的身边。我失去了安全感。"

"我是说,"他端详着她的眼睛,岔开话题道,"你的眼里,有一股绝望的神色。"

"都给你看出来了,"她似有几分不好意思,

"你想么,你不在,我还有什么意思——"

司机按了一下喇叭。他往车窗外望去,没答她的话。

她又问:"我们去哪儿?"

"豫园。"他告诉她,并给她细细介绍着豫园和老城隍庙。

她目不转睛地望着他。他却感到她没在好好地听。

路上很顺,在丽水路口下了车,他陪着她向里面走去。

"这地方像东京的浅草。"他指点着彩旗飘扬的商场说,"只是没鸽子。"

天气很热,游人不多。他给她照相,镜头里,她在微笑。她一笑起来十分动人,吸引得游人纷纷转身看她。她干脆戴上了墨镜,这使她看上去愈加时髦,他这才发现,她那身夏装的剪裁和上海人穿的不同,明显地要比人们身上穿的显眼得多。

他一次一次地按动快门。

她的自信在逐渐恢复,在他又一次给她拍完一张相以后,她在人们追逐的目光下走近他,十分自然地挽着他的手臂,俨然一对情侣般亲热地说:"我们走。"

他有些不自在,万一让上海的同事或是朋友们见到了,算是一个什么事呢!还有妻子的亲戚或是朋友。但他又不能断然甩脱她的手。他环顾了四周羡慕的游人们一眼,再一次感觉到她美貌的魅力。

她敏感地意识到了他的不安,又像挽着他时一样自然地松了手说:"我们找个地方休息一会儿吧。"

她跟着他走进豫园,在一棵盘曲得犹如虬龙一般的古老紫藤下,他提议坐下来,紫藤的枝蔓缠绕在隔墙的大花架上,形成了一张自然的大凉棚,一片绿荫满地,舒适而又凉爽。

她轻轻地吁了一口气,感觉在这闹中取静的花园里,无比的安然闲静。清凉的微风里,远远地送过来悠悠的音乐,直令人浑身一阵阵地弥散开一股温情。隐隐约约地,她觉得自己和他是待在世外桃园。这地方没一个人认识她,她和他在一起,想说什么就说什么,想干什么就干什么。这有多么美好!她发现,上一次到上海时,她也曾随团到过这个地方,但一点儿感觉都没找到。一二十个人光顾着埋头跟着走,只觉得四周全是游客,一点也没今天这样美好的感觉。一路走来,他一直在给她热心地作着介绍。可她一句也没真正地听进去,她记这些干什么呢,只要他在身边,只要听见他的声音,她就感觉满足了。现在他又说到这棵树了,瞅着他那眉飞色舞的样子,她忍不住问:"你说什么?"

　　他指指紫藤:"我说这棵老藤有三百多年历史了——"

"哦不，"她十分自然地挨近到他身旁，双手逮着他的臂膀问，"你说这个地方叫什么?"

"鱼乐榭。"他环指了一下周围的鱼池。

"哪一个榭字?"她抓着他的手臂摇了一下。

"谢谢你的那个谢，言字偏旁改成木字旁。"他耐心地在自己的左掌心里书写给她看。

周围偶有游人，这一次他丝毫没什么不自在的神情，任凭她拉着他的臂膀。她把自己的脸轻轻地挨近他的肩膀，两眼眨巴眨巴望着他说："我明白了。你们小说书中翻译巴黎香榭丽舍大道的那个榭。"

"对了。"他转过脸来，脸颊几乎贴到她的脸。她清晰地嗅到一股来自他身上的男子汉的气息，有轻风拂上颜面，她感觉从未有过的惬意。她轻叹着问："什么音乐，这么惹人的心绪。"

"江南丝竹。"他不假思索地说，"湖心亭演奏的。这些人一年四季，风雨无阻地天天都到

50

湖心亭奏乐,没有报酬,就是图个喜欢。"

"真的吗,真有这样痴心的人。"她仿佛不相信似的瞪大了双眼。这在美国简直是天方夜谭。

他以肯定的语气"嗯"了一声道:"你不信么,其实他们就是图个自得其乐。很悠闲自在的。湖心亭每天只给他们提供一杯茶。"

"那他们的生活不就太清贫了?"

"这就是你美国人不能理解的地方。各人的生活方式不同罢了。"

"真好。"她由衷地说。

"你看,"他又指着前面的一堵粉墙说,"这堵墙把一泓清溪分隔为二,给人一种深远的感觉。在这不大的有限的平面上,造就了无限的空间。而粉墙下的太湖石和花木,又组成一幅幅美丽的画面。隔着墙,水中倒影清晰可见。形成虚虚实实、虚实相映的景致。"

乍一眼看上去有些零乱的庭园,被他这么

一讲,果真看出几分意味来了。她点着头说:"真是那么回事,真的。"

"其实,江南的名园,差不多一个个都这样,很有讲究的。"

她被他逗乐了,"扑哧"笑出声来:"可以想象,几百年前幽居园内的小姐,会是如何地触景生情,思念那梦幻中的情郎、才子。"

"那是幸福的吗?"他不由转过脸来问。

"这么坐着,我就很幸福。"她那么近地凝视着他,极力想从他那一对炯炯的目光中窥测他的心声。她说的是真心话,和他相对而坐,周围再美的景物,不时晃过的游人,她全都视而不见。她的感觉里只有他,仿佛有一股柔柔的温情,弥漫在他们之间。她说:"我真想久久地坐在这儿,永远这么坐下去。没有任何人来打扰我们……"

他在她的手背上轻轻拍了两下。

她欣慰地感到他理解了她的话。可他却

说:"这是不可能的。到了时间,豫园要关门,游人不走,人家要来干涉……"

她听不出他是在说笑,还是一贯的木讷,听不出她的弦外之音。她凝视着他,十分庄重地说:"结婚快二十年了,我从来没像今天这么愉快。"

"你不也常常旅游嘛。"

"只是旅游。经常是一个人,后来是带着孩子。他从来不陪我一起出来,从来不,如果他陪我,也不至于在马来西亚……"她不无怨尤地说着,似乎想对他强调什么。

他双眼凝定地望着她,眼神里透出探究之色。

她茫然地摇了摇头,眼里又情不自禁显出一丝绝望的神情。她回避着他的目光,把脸转开去,望着楼阁窗户上的雕花。耳朵里却听到自己局促的呼吸,她是怎么啦? 一下子把内心最隐秘的角落抖露了出来。她强忍着眼里涌上

53

来的泪，敛神屏息地，硬要自己平静下来。

"我在小说里读到过，几次去日本，也听人说过，日本的男人，结婚以后，绝对是一家之长。"他一字一顿地说话了，表现出对她完全的理解，"有的还要打老婆。即使是那些稍有地位的白领，下班以后明明公司里没事，也故意不回家，跑进小酒馆去，喝得醉醺醺地又唱又跳，要闹腾到半夜三更才回去。"

"他要表示，自己在社会上有应酬、受人器重，他的那份工作是牢靠的。"她没想到他一下子洞察了她的心思，干脆跟着他的话往下说："老婆对他算什么呢，可穿可脱的一件衣衫罢了……"

"我们慢慢走吧，还有很多景要看呢！"他显然是有意识地岔开了话题，站了起来。

她随之站起来，自然大方地挽住了他的臂膀。她的手感觉到他的臂膀想要挣脱，便执拗地使劲挽着他，还用另一只手逮住他。他不再挣了，只是往前指指说："那是复廊，有男廊、女廊之分，去看看吧。"

这么说，她的婚姻并不美满，她的婚后生活并不幸福。

他如梦初醒般忖度着。

全是海市蜃楼，是建立在想象和梦幻中的亭台楼阁。他的眼前掠过洛杉矶她家的那幢庭院式别墅。车子驶入她居住的那个小区时，一起去的同行们全都欢呼般赞叹着，街区两旁，一幢一幢既分开一截距离，又相距不甚远的别墅群落，没有一幢是相像的。楼前的草坪，屋后的泳池、网球场，不时映入他的眼帘。车子开进来好长的一截路，也没见路上有个行人。下车的时候，静候在楼前的她顺手指了一下街对面，挺随便地介绍说："那幢楼正在出售。"

上了年纪的一个同行夸赞地说："真漂亮！这么一幢楼，要价多少？"

"一百五十万美元。"

人们惊叹着。他当时端详着那幢宫殿般气派的别墅,没吭声。但他在内心里承认,即使在看惯了的很多影视片中,也没见过这么典雅的家居别墅。整幢别墅是瓦蓝色的,一条花岗石砌的汽车道弯弯地绕向别墅后面,两侧是等距离的一根根古典式灯柱,高高的宽敞的台阶通向有栏杆的廊台,廊台后面是别墅的露台。露台后面,才是雪白的窗纱遮掩的一个个房间。这哪像是栖居的别墅啊,简直就是完美的艺术品。

她的家虽比不上这一幢别墅,但她家中为欢迎客人悬挂着气球、彩带的凉棚,宽大的泳池,足有一亩地大小的草坪,无不显示了她家的富裕、豪华。他们在她家中散步、在泳池旁留影,在她的书架前翻阅美国、香港、台湾出版的国内少见的华文书籍。谁都说她家是去过的几户人家中最好的一家,谁都说她有个美满的婚姻。同行们爱吃日本口味的"索米"汤,她那仪表堂堂、有着体操运动员般体魄的丈夫,竟在厨房里一连重复烹调并分三次热情地端出来,请大伙儿品尝。他们还见了她的两个孩子,十九岁的男孩孔武高大,简直就是一个活着的"成吉思汗",更像一位在日本世人瞩目的相扑运动员。而她十七岁的女儿翠西却长得瘦弱苗条。两个孩子出来与客人们见面时十分腼腆地笑着,显得很有礼貌。他还看了她拿出来的照片,有几张是她年轻时照的,剪着运动员型的短发,神采飞扬,却又是一副温柔依依的模样。他夸她当姑娘时简直像电影演员,她陶醉地向他表示感谢。他去过的国家很多,见过的世面也多了。他不认为她们家过得是天堂一般的生活。但在心里,他也承认,她过得是富裕的、无忧无虑、幸福美满的家庭生活。哦,现在看来,这一切全是他的错觉?

他们游完了豫园,在小吃总汇吃了午餐,要

了出租,直驱杨浦大桥。他告诉她,黄浦江上有五座这样的大桥,最大的那一座叫杨浦大桥,他们可以在最大的杨浦大桥停下来,步行上大桥看一看浦江两岸的风光。她一迭连声地说:"依你,全依你。"

在桥头堡坐电梯上了杨浦大桥的桥面,正是烈日当空的午间,太阳火辣辣地直照在头顶心,他歉疚地一再对她说,这不是上桥的时候,真抱歉!没想到她全然不在乎,兴味浓郁地撑开一把折叠伞,让他也站在伞下,慢悠悠地观赏着浦江两岸的景致。

走到桥面当中,俯首朝下望去,江水在耀眼的太阳光下闪烁着刺眼的光芒。他闭了一下眼睛,没头没脑地说:"我们去你家那天回来,大家都认为你过得不错。那几位女士,对你丈夫评价还不俗呢。"

"那都是他装出来的。"她手中的伞打得很低,笼罩出一个热烘烘的两人世界,一路上,观赏景致、上车下车，没顾上交谈，没料到，他的话一出口，她就能接上他的思绪。连他都感到惊讶了。她转过脸接着说，"拿你们的话说，他做得是表面文章。"

他笑了："能这么做表面文章，也不错啊。"

"你知道什么呀，"她的语气透出明显的怨气，仿佛很不情愿地道出了实情，"那天你们一走，他就把围裙解下来狠狠地一扔说，好了，面子我都在客人跟前给你争了，该你收拾了！你想想，这就是他的真正面目。"

是这样啊。他险些脱口而出，但他没说出声。他指着正从桥下开过的一艘大船说："这里太热了，我们走吧。"

"不，你静下心来，就不觉得热。瞧，还有风呢。"说着，她的一只手持伞，一只手亲热地挽住了他的臂膀，"这里很好，没什么人来打扰。"

她说得是对的，江面上不时地拂来阵阵热风。身后一刻不停地过着来往车辆，但没有一个司机会注意到他们两个游人。正因为是在烈日高温之下，长长的桥面上就他们两个游人。从豫园走出来以后，一路之上，他们几次自然地分开了，随后，她又自然地主动挽住了他。遇到人拥挤的时候，她还像避让别人一般，偎依到他的胸前来，似乎他们本来就是一对天生的情侣。他愈来愈感觉到她的亲昵，她对他的充分信赖。他知道，此时此刻，如若他伸手揽住她的腰肢，甚至于有更亲热的举动，她是不会反对、不会生气的。但他没这么做，他觉得这么一做，就太像庸俗的爱情小说中的描绘了，就会把他们之间那种朦胧的、美好的、如恍似惚的、若即若离的状态破坏了。而这一状态，比起那些浅薄的、赤裸裸的、直截了当的爱情要诗意得多、醇厚得多。

她的伞叩碰着他，他转过脸去，她正仰着脸，睁大了一双眼睛，热辣辣地瞅着他。她的目光中有着期待、有着企盼，还有着鼓励和脉脉的温情。他的脸情不自禁地向她挨去，她的目光中透出一缕惊喜之色。他甚至闻到了她身上、她绯红的脸颊上、她微微张启的嘴巴里透出的那一股诱人的气息，哦，这真是令人迷醉的一刻，瞧她的眼睑合下来了，瞧她的眉梢在颤动，瞧她晶亮的额头上沁出了一颗一颗汗珠，他摸出餐巾纸，轻轻拭去她的汗珠，她昂着温顺的脸，任凭他轻拭着，身子却不知不觉地向他靠过来。她手中的伞角叩碰了他一下，他陡地一惊，惶恐地把她的伞轻轻地移开了一点，吁了一口气。

她仍轻合着眼，眼睑在蝉翼般地颤动着。

一艘过江船鸣叫了一声，她陡地睁开了眼睛，疑惑地望着他。

他朝她微微一笑，指了指江中的船，她的目光向江面上望去。

他的心怦怦直跳。他始终百思不得其解的是，她不远万里，花费一大笔钱，来到上海，难道就是为了寻找她在平静安然的家庭中得不到的感情么?

如果真是这样,那他,又算什么呢?

他沉默了,身边的这个娇小美貌的女子,离得他很近,触手可及;却又离得他那么遥远。

他困惑。

他神态自然多了,她挽着他,有时几乎是依偎着他穿行在人流中,他的臂膀不再僵直,他的精神不再拘谨不安。他还时时转过脸来,给她指点着一个一个景致作介绍。

渐渐地她发现,上海这座城市里的一切,仿佛他全知道,全都能头头是道地一一说明白。只有她心底里知道,他说些什么,她全然听不进去。她只要他讲,只要感觉他在自己身边,就觉得自在,觉得满足,就有一种从未感受和体验过的幸福向她溢来。他的嗓音让她迷醉,他那时常近乎木讷的神情让她忍俊不禁,他对她的细心周到让她怦然心动。

　　头一天从杨浦大桥下来，他们又驱车去了东方明珠电视塔和中央绿地，无论是上到东方明珠的高处，还是在高楼包围中的中央绿地品茶，她都感觉到上海的一切离得她越来越近。再不像上次来时那样，对上海只留下了一个外滩的粗浅的印象。

　　第二天他陪着她去了周庄，尽管仍是上海入秋以后少有的恶热天气，九百年的水乡古镇还是令她流连忘返，深为惊叹。

　　双桥的秀色，幽深的街巷，悠悠的河水，河岸边洗涮的妇女，古朴凉爽的厅堂里弥散出的那一股特有的气息，浮光跃金的辽阔湖面南白荡盈盈碧水，她从来也没见过的"轿从前门进，船自家中过"的妙景，还有那个中年船娘唱的有韵有味的民谣和鲜美的鲈鱼，一切都令她着迷，令她兴奋得好几次都想蹦跳起来大声喊叫。她催着他给她拍下了很多照片，她说回去以后，不但可以做几档好节目，她还能写不少文章，在洛杉矶的报上用，也能在日本的报刊上发表。这完完全全是意外的收获。哦，光是那长长的石板街面，就能勾起她多少惆怅的思绪啊。

在接下来的几天中，他又陪着她参观了上海博物馆，游览了黄浦江。

也难为他了，还特意带着她去看了几条典型的上海弄堂，石库门房子，新式里弄房子，多层公房，几近消失的弯弯曲曲的贫民窟，近年来建筑的高层民宅。看得她眼花缭乱，记也记不住。她不但让他拍了照片，她还打开了录音机，录下了弄堂里很多难得听见的市井的喧嚣。

原来这只不过是她为搪塞他傻呵呵的追问随口说出的来访理由，没想到她真得到了这么多的素材。

也多亏了他，他天天陪伴在她身旁，给她留影，过桥、下楼，走到稍不平顺的地方，他总是不失风度地扶她一把。最令她深为感动的是，每一顿餐,他都为她作了精心的安排。到了午晚餐时间,他总要问她想吃什么,她每次都说想吃水饺。一来这是她觉得中国的水饺好吃,更主要的是,上次来中国时她就发现了,水饺很便宜。她明白,这一次到上海来,他花的都是自己的钱,她不想要他太破费了。可他没有一次让她吃水饺。他带她去品尝了小绍兴的三黄鸡,他请她吃了道地的上海家乡菜,虾子大乌参、油爆虾的美味,令她经久难忘。到周庄那一天,吃的又纯是江南水乡的风味,鲜美的急水港大闸蟹,喷香的万三蹄,还有鱼。哎唷,几天下来,每当吃饭的时候,她就连声向他抱怨,不要吃了、不要吃了,再吃下去她要变成个肥婆了,再没人看得上眼了,再没女性的魅力了。

每次他都点头,每次他都说好,可每次他安排的菜肴都令她馋得连连下箸,顾不上会不会发胖了。

连续四天了,她对他的关怀备至感到温馨

和体贴。她还有什么不满意的呢,作为一个旅游者,一个客人,能够为她想到的,他都想到了。她吃得好,玩得舒适,睡得也安宁,时差不知不觉地就倒了过来,连她刚来时的烦躁,也仿佛让他给抚平了。这真正是奇怪的事情,每天早晨在709客房里醒来,她都有一股莫名的亢奋,有一种感情上的期待,只要一想到马上就可以见到他,她就充满了幸福感。有生以来第一次,她觉得自己是在恋爱,是陷入了情网。细想想似乎觉得可笑,她都已是两个孩子的母亲了,怎么还会返老还童般体会到初恋少女的情感?

但这一切又都是真的,在这么一个陌生的大城市里,如果没有他,她一天都待不下去。

惟独他,除了已渐渐习惯于陪伴她之外,一切仍还是像第一天时那样,对她彬彬有礼,却始终没在感情上敢于越雷池一步。天气奇热,她时常口渴,他察觉了,每次买饮料前,他总会细心地问她想尝热饮还是冷饮,她选择了冷饮之后,发现他自己选的是热饮。这一点更让她感觉温馨。他非常尊重她,尽管他喜欢的是热的。偶尔进入商店,他也劝她不妨看看,买一点有特色的小摆设和小商品。她曾经生起一点警觉,她写过一篇《当了一回"呆胞"》的短文,详细叙述了一次去香港旅游时被导游带进文物商店,几近敲诈地选购玉石的经历,事后发觉上了当。故而,以后每次在旅游中被带进商场,她总会掠过一丝不悦。他为什么也这样呢?但当她掏钱买他介绍的梨膏糖、五香豆、民族木娃娃时,她发现这些东西便宜极了,实在应该给翠西和"成吉思汗"带上一点。内心里深感自己错怪了他,以后走进商店时,她把他挽得更紧了。夜里躺在床上她不由得想,人的心灵真是奇怪的东西,他对她那么无微不至地关心着。对她那么好;她也万里迢迢地专程来见他,对他充满信赖,怎么也会在心灵深处,泛起对他的猜测、怀疑。

　　她自忖也觉得可笑。

每次和他坐出租时,他一说话,她真想靠到他的身上去,像在豫园鱼乐榭的座位上一样,像在杨浦大桥的桥面上一样,亲亲热热地偎依在一起。有几次,她都坐到车中间了,他显然在有意识地回避着她,紧靠车门坐着,怕她挨得他太近了。他还把随身带的那只黑色皮包,放在他们之间,她只要瞅一眼皮包,心里总不免起一阵波动。出租车厢内没有私家车整洁,每次上车他总要为她掸一掸灰尘,把椅套扯扯平,这一切细微的他做来那么自然真切的动作,总让她感动得心潮难平。

　　她已经在上海一连待了五天,这天晚餐后他送她回宾馆,他问她明天还想看什么,去什么地方。她说上海的事儿她全办完了,可以说还意外地获得了很多东西。回到洛杉矶,十、十一、十二三个月里,她所有节目的素材都有了。

　　他笑起来:"那好啊,你想不想去上海附近走一走?"

"要不，你上楼去坐坐，我们商量一下。"她主动提议，连续几天，也不知他是故意的还是出于礼貌，他每天都把她送到大堂或是电梯口，就主动向她道别了。她怕他又找出什么理由推诿，又补充了一句："我有一篇短文要给你看。是写你的。"

他点头同意了："好吧。"

"写了我一些什么？"在电梯上，他轻声问。

她知道他心里犯疑，为什么一开始不拿出来给他看。她莞尔一笑："你看了就明白了。"

进入 709 房间，亮了灯，她让他坐，在他斟茶时，她从笔记本里取出一个信封，放在他的面前说："文章很短，就在里面。"

信封上写着"友人"二字。

他瞅了一眼，拿起信封就要看，她按住了他的手，抬起头来望着他说："不要当着我的面看，你带回去。"

他困惑地抽回自己的手，把信封放进随身

带的提包说:"好吧。"

"看了,"她凝定般盯着他,一字一顿地说,"你可别见笑。"

"怎么会呢。"他轻轻地咕噜了一句,低了下头。

"你知道,上海旁边的杭州、苏州,包括南京,上回来时我都去过了。"她喝了一口茶说,"你说,还有什么地方值得一看?"

"扬州——"

"啊,我听说过,古城扬州。你陪我去吗?"她显出了强烈的兴趣,直截了当地问,"你陪我去么?"

他肯定地点了一下头:"陪你去。你来早了一点,月底以后来,江阴长江大桥通了车,从上海到扬州就有直达车了。"

"那现在怎么走?"她对此其实已经不怎么在乎了,只要他陪着去,走再远的路,她都无所谓。

"得先坐火车到镇江,从镇江摆渡过长江,再坐一段客车,就能到了。"他对路线十分熟悉。

"太好了。"她轻拍了一下巴掌道,"坐火车,还能坐船,太有色彩太有味道了。我去,跟你去。"

"你想去,我就去安排。"说着,他呷了一口茶,站起身来,利索地说,"顺利的话,我们明天早晨就能出发。时间不早了,你轻松一下,早点休息。"

"你——"她失望地瞪着他,好不容易请他进屋来坐一坐,没想到他说完了话就要走,"这就走?"

"是的,我看你也挺累的了。从早到晚,是不是我把日程安排得太紧了?"

"哦,没有。这样很好。"她急忙摆手,她几乎就要脱口而出告诉他了,其实她真正能在上海待的时间也是不长的。但她终于忍住了没说。

他笑了，拍了拍随身带的提包说："我急着想知道你究竟写了我一些什么。"

她也跟着他笑了，看来她在他的心目中还是有着很重的位置的。她不再阻拦他，随着他走向门口说："那么，我等你的电话。"

自从头一次出游阴差阳错以后，他们说定了，每天她都等在屋里，由他随时通知她出发的时间。

他走了，沿着长长的走廊离去。门关上以后，屋里又剩下了她一个人，她不再像头一天晚上那样感觉孤独，相反她觉得这一天过得很充实，而明天一早，她能如期地见到他。她又觉得充满了希望。她从未有过这样的心情，这是一种恋爱心理吗，她说不上来。她只觉得这几天里过得十分甜美却总有着一点缺憾。

缺的是什么呢，是对他的感情的期待，还是来自于他的爱，似乎是这样，又似乎不是。她真正又说不上来。如果从他们见面的头一天起，他们就像电影中的男女主角一样,很快地进入热恋中情人的角色,那以后的这些天里就什么滋味儿都没有了。他们两相面对的时候,甚至还会觉得难为情。哦,生活中敏感的心灵,可能就正是这样的,他们渴望着爱却又畏惧着爱,他们见着越是美丽的东西往往越是感到难以承受。就如同见着稀世珍宝般的名贵瓷器,越是不敢去触摸它一般。这些天里,她深深地体验着的,就是这么一份从未有过的感情。

他天天陪伴在她的身旁,对她既是一种强烈的吸引,又是一种无处不在的压迫。她脆弱敏锐的感情,就在甜蜜的吸引和刺痛般的压迫之间享受。她对他是满意的,甚至于是充满柔情的;但她对他又有着丝丝言说不清的怨意。

他是不是也这样认为,他的心里是怎么想的呢?回去以后,读了《友人》,他又会如何看待自己呢?

默然思忖着,她刚走进盥洗室,脱下衣裳准

备沐浴,电话响了。她从墙上取下话筒,电话是他打来的,他告诉她,他已买好了去镇江的票,是明天早晨八点整的火车,他七点钟在楼下大厅等她。

七点,那她就吃不成早餐了,她刚想这么说,但话到嘴边她又不说了。有什么关系呢,和他在一起,还愁早餐吗? 说真的,他办事儿的效率真高,一忽儿工夫,就把出行的事儿办妥了。她说了一声谢谢,还说如果她睡过了头,他到了大厅没见着她,就打一个电话进来。

他说没问题。

她沉默了片刻,终于抢在挂电话前,轻声问了一句:"《友人》看了吗?"

"看了。"

他连文章都读了!

"有何感想?"她真想马上就知道。

"明天再说吧。晚安。"他挂断了电话。

她明白他是故意的,他不想在电话里说这

一话题。真狡猾！她的心上升起一股幽怨。她已经把自己的心交给了他，他却把自己封闭起来，回避她的追问，不肯披露心迹。

她慢慢吞吞地脱下了自己的衣衫，盥洗间硕大的镜子里，映出了她洁白的诱人的胴体。在雪亮的灯光下，她结实饱满的胸脯在微起微伏地颤动，浑圆的肩膀连接着苗条的手臂，双腿修长而笔直，每一部分都十分中看，大腿丰满、小腿细长，全身上下的肌肉结结实实，关节显得匀称而又紧密，乳房虽然小巧，却娇小挺拔、圆润而美丽，肚脐的位置略显得高一些，更使得这一部位有几分神秘。盥洗间没安装专门的空调，她呆了片刻，光滑得如同透明的皮肤上已沁出了细密晶亮的汗珠，她惊讶地发现，这一来，使得她身姿的整个体态，更显得温婉柔软而倍添几分妩媚。她轻轻地托起自己饱满的乳房，仿佛平生第一次，才发现自己竟有如此惊人美丽的曲线。

就在这一瞬间,她陡地想起了他,如若他此时此刻出现在她的身后,会发生什么呢?

她的脸当即涨得绯红绯红,像喝了大口的酒。镜子里的一对眸子,直瞪瞪地盯着她,她羞涩地一转身,跨进了洁白的浴缸。她要用喷洒的清水,好好地喷淋一下自己充满了欲望的身躯。

他是在楼下的大堂沙发上读完她写的那篇《友人》的。

他离开 709 客房,来到大厅的总服务台,询问能不能代购明天一早去镇江的车票,服务员让他稍等片刻。他坐到大堂的沙发上,掏出了她装在信封里的那篇短文,一口气就读完了。

这是从华文报纸上剪下的一篇千字文,短短的,但整篇文章却有着一股淡淡的哀愁。她写的是他,她说轮到她陪同他购物纯粹是偶然,她极不愿干这么一件差使,以前她陪过来访的一些客人,他们要不是斤斤计较、乐此不疲地计算着美元和人民币之间的兑换价,精确到几角几分,精确到连她听来都感觉脸红;要不就是在她这个美貌女子面前大甩派头,从兜里拿出大把的美元故意炫耀。

她一想到又得干这么一件苦差使,浑身都觉得不自在。她没想到他什么也不想买,对美国的一切商品都不屑一顾。相反倒是他随意的交谈,一下子深深地吸引了她。

他对她讲起苦难的青年时代,讲起栖居在内地山乡的农民,几乎每一个字里面都饱含着感情,每一句话里都带着生活的质感。而且他惜字如金,她不问,他决不多言。连她都感觉惊奇,和他单独在一起仅仅半个多小时,她就觉得他是一个可以信赖、可以依托的老朋友,她认识他仿佛已经很久很久了。她不知不觉地随着他信步走去,不知不觉地跟着他的思路去理解他。有几次他走到前面去了,她赶上去时,几次都想伸出手去挽住他。她是用了极大的毅力才没有这么做。这种奇怪的冲动是怎么来的,她始终也想不明白。早早地一起走出百货商场时,那些兴味浓郁的购物者,一个也没出来呢,她真想约他单独去喝一杯。到了晚餐时,她不由自主地就坐到了他的身边。他离开以后,她思念他了,是一种不可遏制的思念,梦萦魂绕一般的强烈。直到那一时刻,她才陡然明白过来,他就是她心仪已久的那种男子。仿佛她的命运中冥冥期待着的,就是这么一个人!

他读得心急剧地跳动,抬起头来时,他警觉到自己的脸也火辣辣地发烫。服务员小姐在向他招手,告诉他去镇江的票已经落实。他可以凭单取票,只要多付两块钱手续费就行了。

他内心里萌生起一股冲动,他当即在大堂里给她挂了电话。她的声音柔柔的,充满了感情。她甚至还问他读了《友人》没有?他很想问我能上来吗,但他说出口来的,却是明天再说吧。

明天,哦,明天,他们就要一起离开上海去旅游了。

出租车把他们送到上海火车站,趁他去窗口取票的时候,她在那长长的一溜小摊上买了一大堆零食。

双层列车的整洁舒适出乎她的意料,和他一起坐在上层的双人座上,她的感觉美极了。他让她坐在靠窗的位置,说可以更清楚地看到车窗外的江南水乡夏秋之交的景致。去餐车吃了美味的面条回来,她执意要他坐靠窗的位置。他不解,但还是坐下了,只是困惑地望着她。她一把挽住了他的胳膊,偎依着他,把脸往他的肩头一靠,双眼望着车窗外,一鼓嘴说:"这下你明白了吗?"

他的眼里掠过一丝喜色,把脸转过去了。

如果她坐在里面,身子往外靠到他的身上,她觉得很不自然。

他告诉她，还有一个半小时，火车就能到镇江。

她剥开一颗加应子，塞进他的嘴里，随口说："这么快？"

他咀嚼着加应子，点了点头说："镇江有三山、三水、三鱼、三怪，是一个很有特点的城市。"

"什么什么？"她摇着他的手臂追问着，"你说慢一点，我没听清楚，我要听我要听。"

她觉得自己的语气几乎是在撒娇。

"镇江有三座名山，金山、礁山、北固山，都是风景名胜。镇江有三股水，那就是长江水、运河水和里下河的水。"他扳着手指，一一地给她道来："三股水里，又出三种鲜美的鱼，那就是鲥鱼、回鱼、刀鱼——"

"我都能吃到吗？"她凑近他的耳畔小声问。

"能吧，"他答得不那么有把握，"有的鱼是要看季节才能捕到的。不过，你别担心，镇江有的是吃的东西。"

"我不是馋鬼,"她不好意思地辩解道,"你说的三怪,又是什么? 轻点声,瞧,人家都在瞅我们了。"

邻座上有人不时地瞧着他们,她知道他俩的相貌十分地般配,人家一定是把他们看成是一对情侣了。这一感觉使她觉得美妙极了。确实的,连她自己也仿佛觉得,这会儿是沉浸在热恋中。

"镇江的三怪是,肴肉不当菜,陈醋不会坏,下面条煮锅盖。"他又道出一串顺口溜。

"你喝一口茶,"她端起一杯茶,亲昵地送到他的嘴边说,"解解渴,细细告诉我。"

他不好意思地接过茶杯,呷了一口茶,耳语般说:"你别这样,人家瞧着会觉得好笑了——"

"让人家瞧去,我都憋死了! 我早想这样了,我就是愿意这样——"她看到他愕然地瞪着双眼,突然住了嘴,努了努嘴角,垂下了头,她的泪水猛地涌了上来,突然冒出一句,"我没时间了,这一次我来,买好了来回票。连头搭尾就十天时间。"

这回轮到他吃惊了,他一把逮住了她的手:"什么,你说什么,你为什么不早说?"

她赌气一般:"我为什么样样都要对你说?"

"你早说了,我们就不出来了。"他安慰般低声道,"没几天时间,我们可以在上海安安闲闲地游览。不要像现在这样赶路程,累着了你。"

她扬起了头,瞪着他说:"我愿意,就这样好。"

他不再说话,瞥了她一眼,把脸转向车窗,他的手轻轻地轻轻地摩挲着她的手背。

她任凭他抚摸着,情不自禁地把身子依靠在他的身上。

刚才,她说的是实话,在洛杉矶临别那一晚,他们招待他和其他客人。在位于山巅之上的希尔顿进行晚宴。是她送的他,他仍然要按习惯坐后座,她用试探的语气说:"你坐前面来,坐在我身边。"

他顺从了。

她主动给他系上安全带时，整个身子几乎贴在他的身上，仰起脸来的那一瞬间，她的发梢撩着了他的脸，她的鼻尖碰着了他的额头，她真想一头扎在他的怀里。只是因为前后都是主人和客人的车，她才克制住了自己。

当车乘着夜色在公路上疾驶时，他坐在身旁和她一句一句说着话，听着他的声音，她全身心涌起一股亲切感。她习惯地用双手一前一后掌着方向盘，陶醉地昂着头，倾听他的叙说，她用最大的毅力克制着自己，不让自己随心所欲地在幽黑的路边停下车来，不顾一切地扑上去吻他。当时她的这一欲望是如此的强烈，强烈得连她自己都想象不到。

事后证明，她是对的。

车在山巅黑黝黝的停车场停靠下来时，他们双双下了车，悄没声息地，后面一辆车紧跟着轻盈地停泊下来,车门打开,走下来一位和他们同赴宴会的熟人。她和这位熟人打招呼时,声音还有点不自然。

今天她这是怎么了,当时想吻他的那股欲望,又不可抑制般地涌了上来,而且狂热到了不管不顾的地步。

夜里,他们如愿下榻在扬州的西湖山庄。

他记得,他们住的是听韵楼。他住在 6104 房间,她呢,就在隔壁 6102。下了火车又摆渡,到了扬州又按他的心愿往高邮赶,在高邮如愿以偿地看了文游台,又游盂城驿,达到了目的,这才走回头路,赶回扬州,住进了瘦西湖畔的这幢幽静雅致的山庄式宾馆。

原以为顶着烈日冒着酷暑马不停蹄地赶路,已经很累了。哪知沐浴过后,丝毫也无睡意。他沿着空寂无人的走廊走出听韵楼,来到楼台亭阁绿荫浓浓的庭院里,天气太热了,到了夜里气温仍不肯降下来,院落里照样是一个人影不见,只见四周客房一扇扇窗户紧闭,窗纱后面透出微弱的灯光,但闻阵阵空调嗡嗡的噪音,真是闷热难当。无奈还是走回屋内,到底还是客房里凉爽。他想打开电视,刚拿起遥控棒,又觉得百无聊赖,便把它扔在一边,终于忍不住,还是给她拨了一个电话:

"你睡了吗?"

"哪里睡得着。你去哪儿了? 我刚才去敲你门,没人应。"

"我能去你房间么?"

"快来,快。"

他挂断电话,走进盥洗间,重新抹了一把脸,朝镜子里端详了自己一眼,他的双眼辉亮,精神显得出奇的好,他听见了自己的心跳,预感到今晚上要出些事情。但他没有犹豫,转身开门到隔壁去。

她已打开门等着,他愕然望着她,只见她穿

着一件宽松的无领无袖的贴身睡衣,显得格外精神。

她叫起来:"你怎么了? 傻乎乎地瞪着我,快进来呀。"

他不好意思地笑着,走进屋,屋内的光线调成微暗的橘黄色,色彩比他屋里舒适多了。女性就是天生地会把生活的环境制造得更美好。

"客房不是都一样的吗,你瞪着眼看什么?"她诧异地问。

"客房是一样的,你一住进来,气氛就不一样了。"

"何以见得?"她向他转过脸来。

"至少比我住的那间,要温馨得多、美妙得多了。"

"什么时候开始,你也奉承起人来了?"她快乐地笑着把门重重地关上,回身走进来,"你是喝茶还是吃瓜?"

瓜是她进扬州时选的,还没破开。他在圈

手椅上坐下,摆摆手说:"我就喝点水罢,你别忙了。从早赶到晚,一定把你累坏了。"

"不累,"她在他对面的床沿上坐着,挨着他很近,一脸严肃地望着他,摇着头说,"真不累。你看我有倦容吗?"

她的脸上当真没有丝毫的倦容,相反显得出奇地容光焕发,是刚刚沐浴过后吧,她的发梢上沾着几颗晶亮的水珠,白皙的脸庞上显出不曾化妆的质朴的美。他笑了:"没想到你的身体这么好,一程一程地催着你赶路,我真怕把你累得趴下了。"

"我哪有这么娇弱,说真的,别看我们天天在一起,你对我还是不够了解的。不过,我还是要感谢你,让我看了这么多美丽的地方。照理,盛夏时节,任何风光都是要打些折扣的。哦,这一整天里,给我的印象太丰富了!"她向着他扬起了手臂,"坐在双层车上观赏江南水乡的景致,过长江时看到了烟波浩渺水天一色的美景,特别是到了高邮，斑痕累累的文游台，看的是古迹，让人想象的是唱和应答、觥筹交错的文人观会。噢，这样的名胜是古老的中国独有的。你还念了一首诗，太妙了，嗳，那诗是怎么写的？"

"落日倒悬双塔影，晚风吹散万家烟。"见她的兴致特别高，他不忍扫她的兴，把白天在文游台上给她轻诵过的诗歌又念一遍。

"太好了，太形象了。"她像白天一样赞叹着，俯首在自己的本上记下来，他瞅着她，她那宽松的无领睡衣敞着圆口，露出半截诱人小巧的乳房，随着她一笔一画地书写，她的乳房在微颤微动。他的心顷刻间跳得快了，连忙把眼神移开。

她记完以后，把纸笔一扔说："最让我着迷的，是盂城驿古驿站。哎呀，我终于看到京杭大运河了，小时候，听爸爸讲到中国时，他就给我形容过神奇的大运河，今天总算得以一饱眼福了。我只看了那么一眼，白帆点点，芦笛渔歌，从天边流淌过来的河水,告诉我的,好像就是古老中国长长的历史,真奇妙嗳,就望了那么一眼,就深印在脑海里了。就冲这一点,我也要好好地谢谢你。"

他目不转睛地望着她说:"只要你觉得不虚此行,那即使累一点,也值得了。"

"值、完全值得。"她肯定地说着,抬起头来瞥了他一眼,"那里也有一首诗,最后一句是什么?"

"莫辜负水乡明月清风。"他随口轻声地道。

"是啊,"她又凝定一般瞅了他一眼,轻吟般一字一顿地重复道,"莫辜负水乡明月清风。多有意思的诗句,多美的诗句啊!"

她陶醉地微昂着脸,蝉翼般的眼睑合下来,一张俏丽的脸如同沉浸在梦幻之中,她那隆起的胸脯在微微地波动起伏。她身上那一股清朗的气息迷醉人一般朝他拂来。

她近在咫尺,她美得令他感到惊心动魄。

他的心狂跳着，她身上的气息浓烈地包围着他，他稍稍一俯身子，就在她的脸颊上轻捷迅疾地吻了一下。

就在他惶恐地支起腰坐直的那一瞬间，她陡地张开双臂，紧紧地搂住他的颈项，热烈地吻着他。

一团火燃烧起来。

她终于等到了这一时刻！他终究不是一个木瓜，在他对她有了如此明确地表示之后，她跳起来，不顾一切地狂吻着他。她觉得自己的身心像花蕊般在怒放，像河流般在波动起伏。她只觉得自己眼前晃动着一片圣火，浑身上下升腾起了一股不可抑制的欲望。她在主动吻他的时候，同样感觉到他在吻着自己。哦，他的目光似要把她融化，他的抚摸使她感到颤栗。她只觉得自己强制压抑的情感在奔放、在舒展。

她要他，要和他紧贴在一起。

这是一个甜美销魂的长吻。她改换着姿势，她扳住他，他离座而起，他们一起倒在床上。她的手一撩，把她放在床边柜上的眼镜扫落在地上，他想转身去拾起来，她一把逮住他："你不要动。"

说着，她又把两片嘴唇牢牢地粘住了他。他贪婪地回吻着她，他的手无意间触碰到了她柔滑的胸脯，他轻轻地托住了她那令人心颤的乳房。

她把脸移到一边，舒畅地轻吁了一口气，在他的耳畔问："美不美？"

"美。"

"想不想我？"

"想。"

"爱不爱我？"

"爱。"

"说得完整一点。"她用力地搂着他。

"我爱你。"

"我也爱你！真的，你真想象不到，我有多么爱你。"她更紧地搂抱着他，陶醉地说，"哦，现在好了，我真正的不虚此行。"

"我也为有你这样的友人自豪。"他说友人两个字时加重了语气。

"要不要我？"

"要。"

房间里的空调开得不高不低，温度令人惬意极了。在轻微的嘤嗡声里，他感觉到淡弱的橘黄色的光线里，浮起了一股令人目眩的、乳白色的雾。浓稠的雾气弥散着，缭绕着，把整间客房里变成了混混沌沌的一片，光影、光斑、光晕在雾气里挣扎、闪烁，散发出一股诱人的香味儿。哦，那真是让人迷醉得欲仙欲死的滋味。

继而便什么都看不见了、闻不着了。他垂下了眼睑，合上了眼皮。他感觉到那愈见浓厚的雾终于撞开了紧闭的窗户，飘散到了大海上。

浩瀚无际的大海洋上,波涛有节奏地起伏着,浪花飞溅,和雪雾融和在一起。一艘潜水艇在海面上消失了。

遂而便是一片静寂,美妙得令人心醉沉迷的静寂。静得他们俩都能够清晰地听到相互的心跳。

当他睁开眼睛时,她正俯身微笑地凝视着他。

他有些不好意思地眯缝起了眼睛。

她扎扎实实地吻了他一下:"真好,是么?"

他的手轻轻抚摸了一下她绯红的脸颊:"你觉得好,那就好了。"

"你觉得不好么?"她微蹙了一下眉。

他摇一下头说:"我只是觉得太快了一点,我太慌了,太惶惶不安了,太局促了——哦,对不起。"

她抚慰一般吻着他:"你只是单调了一点,亲爱的。不过,我还是觉得好极了。要知道,我有一年多没过性生活了。"

　　他惊讶地瞪大了眼睛："怎么可能？北野——"

　　她掩住了他的嘴："别提他的名字，在这里不要提他的名字。我要告诉你的是实话，他的事业不顺，在洛杉矶日本企业里，他在逐年走下坡，换了一个又一个公司，他的收入一次比一次低。他变得脾气狂暴，酗酒，充满了失落感。他的工资只够自己花销。最近，他又被炒了鱿鱼，他竟提出依靠我的钱过日子。我们分居快一年了。"

　　他震惊地听着，这是她第一次向他披露心迹，向他倾诉家庭的隐私。他在床上坐起来，让她坐在自己的膝盖上，把她整个儿搂抱在怀里，用十分同情和抱歉的语气道："对不起，我一点也不知道。真对不起。"

　　她把脸贴在他的脸上，一双大大的眼睛里噙满了泪。她打开了话匣子，喋喋不休地向他叙说着关于她的一切,她说虽然分居,但她还是住在离他很近的地方,因为她实在舍不得两个孩子。哪知这举动让他错以为她离不开他,一而再再而三地来缠她。她真烦恼透了。她说现在好了,两个孩子都已进入了大学,她只要分别留给两个孩子一笔钱,她就能远走高飞了,就能离开洛杉矶了,她已经挣脱了锁链,她自由了。她对不断地搬家,房子越住越小的日子,实在厌恶了。

他惊恐地听着她的述说,他不安地望着她,难道她是真正爱上了他?他真怕她提出她要嫁给他,移居上海。他细瞅她的脸色,观察她的眼神,却又看不出她有这层意思。他放缓了语气问:"你搬了好几次家?"

她点头。

"那我每次和你通信,怎么就是那一个地址?"

她眼角浮现出一点笑纹,伸手在他的额头

上轻抚了一把:"那是我怕你麻烦,专为了和你通讯,特意租的信箱。"

他这才恍然大悟。

她热情未减地深吻着他说:"这一次,你让我度过了这辈子最美好的一段日子,我真不知用什么来报答你。"

"快别这么说。"

"你别以为我这是在讲客气话。我这是真心话,"她郑重其事地凝望着他,双手抚住胸部,"我这是肺腑之言。我从没有享受过这么多的优待,特别是一个我深深爱着的男人如此细心周到的照顾。"

她的感激让他无地自容。他不解地瞪着她。

她开始给他讲述自己的家庭和童年,她说她的父亲是中国人,祖籍福建安溪,出乌龙茶的地方。后来父亲随全家去了台湾,并求学到了日本。父亲娶了她的母亲,在生下她不多久的时间里,母亲就去世了。那时候她还很小,不知道父亲为什么非要把她送回台湾,跟着奶奶长大。直到她进中学去了日本,她才明白了,那时候父亲又要续娶了。当明白这一点的时候,她就觉得自己从小就被人遗弃了,有一种低人一等的感觉。进中学时来到日本,虽然重新回到了父亲身边,她却觉得父亲的家是陌生的,她有几个同父异母的弟弟妹妹,他们都不把她当成姐姐看待,相反感到她的出现对整个家庭是一种威胁,只因为父亲已经发了财,经营着几家旅馆,其中最大的一家有九层楼高,收益想必是十分可观的。在这么一个家庭里,她感觉不到亲情,相反感到的只是冷冷的敌意。除了读书,她唯一可以倾诉衷情的地方就是姨妈家。姨妈是她已故妈妈的亲妹妹,完全能理解和体会她的孤独和寂寞。正因为这样,她十分地信赖姨妈,由姨妈介绍作媒,嫁给了在日本有三百年贵族血统的北野家族。

在她低声亲昵地叙述的时候，他一次一次地俯下头去吻她，吻她身上那一股醉人的气息，吻她美得令人心荡的脸庞。她一边温顺地接受着他的吻，一边喋喋不休地向他倾诉。他贪婪地听着她的每一句话，并把她的话印在自己的脑子里。在她端起杯子喝茶的时候，他不无忌妒地发问："北野家族，一定像你父亲那样，是相当富裕的啰！"

　　"哪里，"她不屑地搁下茶杯，一点也没听出他话里隐隐的醋意，"你以为是中国古话说的门当户对啊。他们家，除了有一个贵族称号，穷得什么都没有。和我结婚，就是看中了我们家的钱。"

　　"是这样啊。"

　　"光用我家的钱还罢了。"她不无鄙夷地说，"婚后他还给我摆那副贵族的派头，让我的一举一动都要照着千百年流传下来的规矩办——"

　　"怎么个办法？"

"就是你在日本电影中看到的。"

"比如？"

"他伸出手腕，你就得把手表递给他；他系好了领带，你就得及时把熨烫整齐的西服递上去。刚结婚时，他去上班，我得跪在门口送；他下班回家，我除了得煮好可口的饭菜，还得跪在门口迎接。他上的是什么班啊，他的那份工作，还是我父亲给介绍的呢。你想想，我怎么受得了啊！"她差不多喊了起来，"我嫁人就是想挣脱家庭中那无形的桎梏。那股令人压抑的气氛，那种防贼似的阴暗心理。哪知道，刚跳出了泥潭，又掉进了水塘。我真是懊恼极了。幸好父亲对我始终有一种赎罪心理，年龄越大，这种心理越甚，在我出嫁时他给了我一大笔钱，专为我在银行设了户头。为了逃避这种家庭环境，在孩子稍大一点，我就四处去旅游，想在周游世界中忘却心灵的伤痛。谁想到，旅游也会给我带来可怕的灾难——"

"灾难?"他不解地盯着她。她的眼睛里,又闪现出他多次看到过的那一股绝望的神情。

"是的。"她点了一下头。她看得出他眼里的疑惑,她支身坐起,遂而换一个更舒适的姿势,偎依在他的怀里,声音轻柔地说:"这种灭顶之灾,你是永远想象不到的。有一场电影《泰坦尼克号》,你看过吗?"

"嗯。"

"我遇到的,就是那么一场灾难。所有的情景就像电影上一样,哦,不,比电影尚有过之而无不及。只不过,《泰坦尼克号》发生在遥远的过去,而我的故事,则发生在三年半之前。"她的眼里噙满了泪,泪水使得她那绝望的眼神愈加闪亮骇人。

"这么说,"他计算着道,"这事儿就发生在我们相识以后。"

"嗯。"她倚靠在他的怀里哼了一声。她就

喜欢他的这种细心，她曾经无数次扪心问过自己，为什么会爱上陌生的他。思来想去，只有一个原因，那就是她的童年是在台湾度过的，从来到这个世界的最早那些日子开始，她感受的还是中华文化。他身上有意无意显示出来的一切，之所以令她着迷，缘由就在于此。否则真不可解释。说真的，脱险以后，她从没跟第二个人讲起过自己的这场历险，今天她要把它告诉他。似乎她一直在期待着这一时刻，似乎她就是为了这个目的，才到中国来的。

她讷讷地旁若无人地道："我又一次和北野发生了争吵。为了改变我们的生活，我们移居到了洛杉矶。当然那种明显可恶的家庭里的陋习不再有了，那些个陈规陋习终于被我摆脱了。但北野骨子里根深蒂固的东西，一点儿也没改变。每一次争执，每一次吵架——"

"你还会吵架？"他笑了。

"怎么不会，不信你试试。"她仰脸朝着他一瞪眼,接着说,"那一次激烈的拌嘴以后,我忍无可忍,一怒之下,买了张机票,就远飞马来西亚一个优雅的小岛普朗去度假。这一天,是冬月的十四日,已是黄昏——"

她的声音低沉下来,所有的一切那么鲜明地映现在眼前。她的眼睛眯缝起来,声音也仿佛从很远很远的地方传来。一切都又重现了——

突突的渡轮摇摇晃晃地开向小岛普朗,船舱里堆满了货物,挤满了摆渡的人,海上起风浪的时候,天已黑下来了。起先她一点也没察觉到异样,直到渡轮非同寻常地剧烈摇晃起来,她才感到不对劲儿。她随着惊叫的人流冲上甲板,被眼前发生的一切惊得目瞪口呆:巨大的浪涛猛兽一般扑来,甲板已有一半淹没在海水里。风起云涌的海面上,咆哮的海浪顷刻间就要把渡轮吞没。三百八十个乘客惊慌地四处乱跑,唯有一些个精明的男人们争先恐后地扑向救生艇,海水淹没了整个甲板,年轻力壮的男人们仓惶跳进海里,女人们则被倾覆的渡轮掀倒滚落在一起。她几乎是被翻转的渡轮狠狠地撞落到海里去的。脑袋上重重地挨了一下,她已什么都感觉不到了。但冰冷的海水顷刻间又把她浇醒了。当她浮现出水面时,死神向她步步紧逼,无边无涯的蓝色的海水在夜幕的笼罩下变成黑黝黝的恐怖的一片,比人还高的海浪一阵一阵有节奏地拍打过来,海浪声里,夹杂着女人们嘶声拉气地尖叫。那些声嘶力竭的求救声,像噩梦般至今仍萦绕在她的耳畔。那些溺水的各国游客和马来西亚人,大部分都不会游泳。而最可怜的是那些脸上遮着面纱,身上缠着纱丽的女人们,她们不仅不会水,还被纱丽和面纱死死地缠住了手脚。一张一张绝望得瞪着疯狂眼神的女人的脸,在她的身前晃过,她痛苦地转过脸去,不想看这些瞪得大大的眼睛,可落入眼帘的,又是溺水者晃动的手臂和声声惨叫。

起先,她还能听得到声音,辨别清身影和海面上漂浮的异物,还能感到自己的手臂、脚踝上的疼痛,游了一阵,四肢麻木了,声音消失了,连难忍的疼痛也感觉不到了。除了阴森森的水声,就是骇人的恐怖,不知从什么时候起,海浪平息一点了,海面上所有乱七八糟的漂浮物、凉鞋、塑料小包、玩具、眼镜盒,还有一具一具男人和女人惨不忍睹的尸体——在她眼前漂过去时,都是令人触目惊心的。当她只觉得四肢僵硬、力气耗尽、浑身脆弱得陷入绝望时,她陡地觉察到那布满死者漂浮物品的死沉沉的水面上,似有异物在无声地游动。

还有和她一样活着的人?

她硬撑着自己,睁大眼睛去寻找。天啊,她看到了什么? 那巨大的晃动得水面颤抖的躯体。

<u>鲨鱼</u>。

她的心在那一瞬间停止了跳动。前一两天

导游为满足游客们的好奇心理,眉飞色舞津津乐道的鲨鱼吃人的故事,刹那间一齐涌上了脑际。她顿时敛神屏息,只觉得听见了死神的召唤。

"你知道,我在那一刻想到了什么?"她突然停止叙述,一个转身望着他,脸上露出俏皮的神情问。

他显然已被她的经历深深地打动,一时竟没回过神来:"啊,什么?"

"我想到了你,甚至就在那一刻,我就决定了,只要我能逃离死神,我就要来找你。人在生命垂危的时候,才懂得了最需要的是什么。"她真切地道。

他以一个猛烈的动作,热辣辣地吻着她:"哦,我真没想到,你经历了那么惊心动魄的生死考验。"他沉吟着说。

她接受着他的吻,简短地把结局告诉他。

她在海水里整整漂浮了十几个小时,才幸

运地遇到了打鱼的小船,被渔民救了回去。

在医院的病床上,她看到了当地电视台的报道:她漂浮的那个地方,正是鲨鱼时常出没的海域。在沉船落水的三百八十名乘客中,只有三十九个幸存者。而和她一样获救的女性,除她之外还有两名。

就是在扬州静谧安宁的宾馆里,他听来仍感到阵阵震撼。真没想到,她遭遇过如此动人魂魄的生死考验。此时此刻,他搂着她,还能感觉到她迷人的皮肤下面生命的搏动,还能听闻她那活泼的心脏捶击一般的跃动。

四周万籁俱寂,唯有空调微弱的嗡嗡声还在持续。

他朦朦胧胧地意识到自己愈加理解她了。

"现在,你明白了吧?"她突然伸长手臂挽住他的颈项,微笑着问。

他以一个带着质感的吻回答她:"我懂了。"

尽管是隐隐约约的。

"一切我都安排好了，"她坐直了身子，带着少有的激动说，"从上海回到洛杉矶，我准备一下，交代完工作，在年底之前，就直飞马来西亚。"

"去那儿干嘛？"

"我要在我生命得救的地方，找到我生命的意义。我要报答救了我性命的那个贫穷落后的地方，和那些人们。"她的双眼辉亮美丽，充满着希冀和憧憬。

他瞠目结舌，不知回答什么才好。刚才他还自以为多多少少理解了她。哪知他对她仍是浑然不知。听着她的这几句话，他恍惚间感觉到的，却像是当年红卫兵们发出的豪言壮语。

他转身坐在床沿上，想站起身来。

她用力很大地扑了过来，一把逮住了他："你想干吗？"

他一动不动地坐着，平息了一下波动的情

绪才征询一般说:"我想,累了整整一天,该回屋休息了。"

"不!"她粗蛮地发出一声吼,顺势把他扳倒在床上,又把脸贴上来,既像哀求又似命令般说:"今晚上,你哪儿都别去。"

她身上那股清朗诱人的气息笼罩着他,他回应般抱紧了她。

灯熄了。

6102客房里,生命的洪流在狂暴地、盛怒地泛滥。

一九九九年十二月三十一日深夜十二时。

他上海家里的电话响了,他以为是新千年的恭喜电话,操起话筒来,电话里却没有声音。他正在奇怪,这是怎么啦? 电话里响起了她的声音:"你好,给你送去新世纪、新千年的祝贺——"

他一下子听出了她的声音。楼群外的鞭炮

在炸响，五彩的焰火轰隆隆升向夜空，他只得将另一只手塞住自己的耳朵，才能勉强听清她从遥远的地方传来的声音。她说："我已经来到马来西亚，一个叫普朗的小岛旁边，在一个儿童救助中心服务。这是一个没水也没电的小村庄——"

又一阵欢乐的轰响淹没了她的声音，他拼命集中精力，也听不清她在说些什么。当如潮的响声平息，电话已经断了。他不知她在哪儿打的电话，他也不知她究竟到了多久，他想知道别后她所有的情况，但他什么都不晓得。他像她离开上海时一样，感觉到一股强烈的、深重的惆怅和无奈包围着自己。